Luise Lemke · Laß dir nich verblüffen!

Laß dir nich verblüffen!

Berliner Witze
Jesammelt
und jesiebt von
Luise Lemke
Illustriert von Frauke Trojahn

arani

Die Deutsche Bibliothek – CIP-Einheitsaufnahme

Laß dir nich verblüffen! : Berliner Witze / jesammelt u. jesiebt
von Luise Lemke. Ill. von Frauke Trojahn. –
5. Aufl., Berlin : arani-Verl., 2000
ISBN 3-7605-8565-5
NE: Lemke, Luise Hrsg.

Herausgegeben von Luise Lemke
Redaktion: Annemarie Stoll
Einbandgestaltung von Rudolf Flämig unter Verwendung
zweier Illustrationen von Frauke Trojahn
Typographie und Layout: Kurt Thöricht

Printed in Germany
Satz Garamond (Linitron 202): IBV Lichtsatz KG, Berlin
Lithographie des Einbandbezuges und der Illustrationen:
Brandt & Vejmelka, Berlin
Gesamtherstellung: Color-Druck Dorfi GmbH, Berlin

Auflage:	8	7	6	5
Jahr: 2005	2004	2003	2002	2000

Inhalt

Laß dir nich verblüffen!

Keene Angst! Ick kann Vorworte nich leiden, also schreibe ick keens – nur ne kleene Einstimmung.

Passen Se mal Obacht! Det Sie meine *Sprüche*sammlung »Lieber 'n bißken mehr, aber dafür wat Jutet« kennen, setze ick voraus. Sicher jehören Se ooch zu denen, die mir haufenweise ihre Haussprüche mitjeteilt haben – da kamen vielleicht tolle Dinger aus der Familienkiste –, so daß ick vielleicht 'n zweeten Band rausbringen kann. Deshalb zuvörderst erst mal mein janz herzlichet Dankeschön an all die treuen Berliner Sprüche-Klopper in nah und fern.

In mein neuet Buch, det Sie jetzt in 'n Händen halten, jeht et nu aber um wat Ernstet: um Berliner Witze.

Ick hatte nach langer Arbeit eene schöne Sammlung beieinander. Aber als ick denn einfach Sie, die Berliner, uffjefordert habe, mir noch mit weitere jute Witze unter die Arme zu jreifen, da hat's mir noch mal so viel Spaß jemacht. Immer neue

Witze kamen mit der Post, eener immer dufter als der letzte. Ick habe jesiebt und sortiert, mir bei allen Einsendern bedankt – und danke ooch hier noch mal allen, die an diesem Buch mitjewirkt haben.
»Der Berliner hat Witz« – schwarz auf weiß wird's hier vorjezeigt. Wortwitz, knallige Pointen, liebenswert, hintergründig, det sind so'n paar unverwechselbare Zutaten. In diesen tristen Zeiten jenau der richtije Seelenbalsam, denke ick mir. Det soll ooch für Sie jelten, wünscht Ihre

Luise Lemke

Wenn Ihnen nu 'n schöner Berliner Witz uff de Zunge liegt, der hier nich vorkommt, spucken Se 'n aus, schreiben Se 'n uff und schicken Se 'n mir per Adresse

arani-Verlag GmbH
Postfach 61 04 94
10928 Berlin

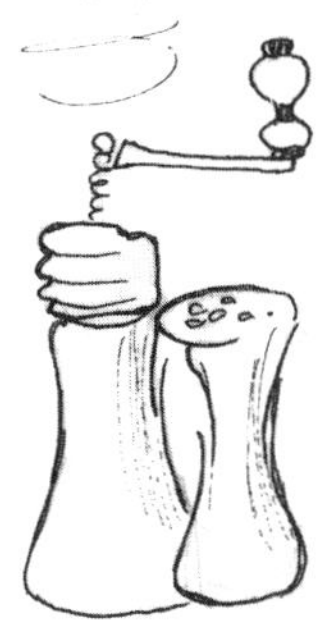

Ick bin alle Kinder, die wir haben

Spielen verboten
EIN HERZ
Motor kraft
P-IS01

»Junge, du bist ja sitzengeblieben«, stöhnt der Vater.
»Nạ und?« strahlt der Sprößling. »Hauptsache is doch, det wir alle jesund sind.«

»Peter, mir gefallen deine häßlichen Ausdrücke überhaupt nicht.«
»Mensch, Mutti, det hat doch Joethe jesagt!«
»So? Dann spiel nicht mehr mit ihm.«

»Vater, weeßt du, wo die Karpaten sind?«
»Nee, frag Muttern, die räumt ja immer allet weg.«

»Vater, lassen wir jetzt den Drachen steigen?«
»Nee, laß Muttern schlafen.«

Im Zoo.
»Inge, jeh nich so dichte bei die Eisbären,
du bist schon so erkältet.«

»Wenn Se mein Vater wären, würden Se mir verhauen? Det ick nich lache – in de Küche würden Se stehn und abwaschen.«

»Hast du noch Geschwister, Klaus?«
»Nee, ick bin alle Kinder, die wir haben.«

Im Wald.
»Wat sind det für Beeren, Vater?«
»Det sind Blaubeeren.«
»Warum sind se denn rot?«
»Weil se noch jrün sind.«

Zwei Jungen prügeln sich. Vater geht dazwischen.
»Wer hat anjefangen?«
»Paule – er hat zurückjeschlagen.«

»Was wünschst du dir zum Geburtstag, Horst?«
»Ick bin mit allet zufrieden – und wenn's noch so viel is.«

»Roswitha, du stehst jetzt schon zehn Minuten mit offenem Mund herum!«
»Weeß ick! Ich hab'n selber uffjemacht.«

»Als ich so alt war wie du«, sagt die Oma, »habe ich mir zweimal am Tag das Gesicht gewaschen.«
»Na und?« heult Renatchen. »Wie siehste jetzt aus?«

»Macht dein Papa eine Erholungsreise?«
»Nee, Mama is mitjefahren.«

»Warum spricht man von der Muttersprache?«
»Weil Vater sowieso nischt zu sagen hat.«

Oma ist mit ihren kleinen Enkeln im Zoo. Sie zeigt auf die Störche:
»Das sind die lieben, fleißigen Vögel, die die Kinder bringen.«
Eins der Kinder flüstert: »Klären wir se uff, oder lassen wir se dumm sterben?«

Im Bus zieht ein Junge dauernd die Nase hoch.
»Haste denn keen Taschentuch?«
»Klar, aber ick verpump et nich.«

»Papa, wat is 'n Wiedehopf?«
»Wiede – wat? Det muß so 'n meschuggener Fisch sein.«
»Aber hier steht doch: Er hüpft von Ast zu Ast.«
»Da kannste sehn, wie meschugge der Fisch is.«

»Wenn ich dein Vater wäre, würdest du jetzt eine anständige Tracht Prügel bekommen.«
»Det könn' Se haben – meine Mutter is Witwe.«

»Wie alt biste?«
»Weeß ick nich.«
»Roochste?«
»Nee.«
»Trinkste?«
»Nee.«
»Haste Weiber?«
»Nee.«
»Denn biste viere.«

»Also, Kinder«, sagt der Lehrer zu den Neunjährigen, »wir beginnen heute mit dem Aufklärungsunterricht.«
Olaf meldet sich: »Dürfen die, wo schon Weiber jehabt ham, inzwischen Fußball spielen?«

»Oma wünscht sich zum Geburtstag etwas, das zu ihrem Gesicht paßt.«
»Denn schenk ihr doch 'n Faltenrock, Mami.«

»Wo bist du geboren, Trudchen?«
»Icke? Jrößtenteils in Spandau.«
»Was soll das heißen?«
»Na ja, in Spandau bin ick jeboren, aber meine Zähne hab ick in Neukölln jekricht.«

»Warum siehst du mich so an?« erkundigt sich eine ältere Dame bei einem Halbwüchsigen.
»Wissen Se, ick jrüble die janze Zeit, ob Sie ooch zum schönen Jeschlecht jehören.«

»Wat denn, in Betragen 'ne Fünf?« empört sich Dieters Mutter, als er sein Zeugnis vorlegt. »Nimm dir 'n Beispiel an Vatern, der is schon dreimal wejen jute Führung vorzeitich aus Tegel entlassen worden.«

»Na, Robert, was sagst du zu deinem neuen Schwesterchen?«
»Keen anständjet Fernsehjerät im Haus, aber für so 'n Quatsch ham se Zeit.«

»Benno, der Storch hat gerade einen kleinen Bruder gebracht. Möchtest du ihn sehen?«
»Nee! Lieber den Storch.«

»Sieh mal, Dorchen, das ist deine Urgroßmutter.«
Dorchen geht ganz nah ran, fragt dann: »Und wo tickt se?«

Bumke erzählt von seinen Ruhmestaten im Krieg.
Meint kritisch der Sohn: »Ick weeß nich, Vater, warum haste denn die andern nich ooch mal schießen lassen?«

Vor dem Affenkäfig.
»Kiek mal, Vater, der olle Affe sieht aus wie Onkel Klaus-Dieter.«
»Sei still, so was sagt man nicht.«
»Wieso? Meinste, der Affe versteht det?«

Großmutter zum Enkel: »Sieh mal, wenn ich gähne, halte ich immer die Hand vor den Mund.«
»Klar, du schon, aber ick brauche det nich, meine Zähne sitzen noch fest.«

»Wie alt bist du denn, mein Kind?«
»Acht. Aber wenn mein Vater nich so schüchtern jewesen wäre, wär ick jetzt schon neun.«

»Junge, du darfst doch die Leute uff de Straße nich 'n Vogel zeigen.«
»Muß ick da warten, Papa, bis ick 'n Auto habe?«

»Heute spielen wir UNO-Sitzung«, sagt die moderne Lehrerin.
Frank erhebt sich und will zur Klasse hinaus.
»Machst du nicht mit?« fragt die Lehrerin.
»Njet, ick bin Rußland.«

Ein Teenager zum andern: »Laß man Muttern schimpfen, die is bloß neidisch, weil wir jünger sind.«

»Hans-Eberhard, was geschieht, wenn du eins der zehn Gebote brichst?«
»Denn sind et nur noch neun.«

Im Deutschunterricht ist Grammatik dran: Gegenwart, Vergangenheit, Zukunft.
»Ich werde heiraten – Jürgen, was ist das?« fragt die Lehrerin.
»Ick jloobe, höchste Zeit.«

»Siehste, Rudi, wie der Storch da uff een Been steht?«
»Muß er ja! Wenn er det andere ooch noch hebt, fliegt er uff de Fresse.«

»Na, Albert, wie war die Prüfung?«
»Och, janz ordentlich. Der Lehrer war nett und sehr fromm.«
»Wieso fromm?«
»Immer, wenn ick jeantwortet habe, hat er jesagt: Mein Gott, mein Gott.«

Kläuschen kommt vom ersten Schultag nach Hause.
»Na, hast du schon was gelernt«, fragt die Mutter.
»Viel war et nich, jloobe ick. Stell dir vor – morjen muß ick wieder hin.«

Ein Junge, der in ein kleines Kino nicht reingelassen wird, da der Film nicht jugendfrei ist, entrüstet sich: »Wat heeßt hier ›nich jugendfrei‹? Ick bin bei Andalusische Nächte sojar in een jroßet Lichtspieltheater rinjekommen – und hier in Ihr Stube-und-Küche-Kintopp muß man wohl erst 'n Bart ham, wat?«

Frau Henke hat Drillinge bekommen. Der fünfjährige Bruder wird gefragt, wie denn die drei Kleinen heißen sollen.
Unsicher sagt er: »Wenn ick Papa am Telefon richtig verstanden habe, denn heißen se so ähnlich wie Himmel, Arsch und Wolkenbruch.«

Manuela im Bus zu ihrer Mutter: »Mama, kiek mal, wie der kiekt, aber kiek jetzt nich hin, der kiekt jrade.«

Ein Junge kommt in eine neue Schulklasse.
Fragt der Lehrer: »Dein Name?«
»Müller.«
»Dein Alter?«
»Och Müller.«

Eine alte Dame sieht, wie Kalli und Mäxchen versuchen, zwei Katzen mit den Schwänzen zusammenzubinden, und schimpft: »Wenn ich euch noch mal erwische, mache ich das gleiche mit euch.«
»Nee, Omi«, meint Mäxchen, »so 'n kleenen Knoten kannste ja jar nich machen.«

Eine Gemeindeschwester kommt zu einer armen kinderreichen Familie.
Als zwischen dem zahlreichen Nachwuchs auch noch eine Ente herumwatschelt, fragt sie mitleidig: »Auch noch eine Ente in dem kleinen Zimmer?«
»Det es keene Ente«, meint da ein Sprößling, »det is der Klapperstorch – der hat sich bei uns die Beene abjeloofen.«

Drei Berliner Steppkes über ihre Väter.
»Meiner arbeitet bei Sarotti. Er taucht Weihnachtsmänner in Schokolade und dafür kricht er tausend Mark im Monat.«
»Meiner arbeitet in de Galvanisiererei. Der taucht Mercedessterne in flüssijet Chrom, und dafür kricht er zweitausend Mark im Monat.«
Sagt der dritte: »Mein Vater is beim Senat. Der taucht zwar überhaupt nischt, aber er kricht viertausend Mark.«

Der kranke Peter zu seinem Freund: »Troppen nehm ick am liebsten von Oma. Die zittert so – da jeht det meiste daneben.«

Gretchen und Berndchen spielen im Buddelkasten mit Eierpampe Backe-backe-Kuchen. Gretchen backt einen Kuchen,

reißt ein Blatt vom Strauch, packt es oben drauf, backt einen Kuchen, reißt ein Blatt ab...
»Mensch, Jrete, wat machste denn da?«
»Icke? Ick mach Blätterteig.«
Berndchen, nicht faul, backt einen Kuchen, pinkelt drauf, backt wieder einen Kuchen, pinkelt drauf...
»Berndchen, schämste dir denn jar nich? Wat machste denn da?«
»Icke? Ick backe Piß-kwit.«

Ein Ortsunkundiger: »Sag mal, Junge, wie komme ich denn in den Zoo?«
»Mit Ihr Jesicht frag ick mir eher, wie Se da überhaupt rausjekommen sind.«

Auf dem Rummel.
»Vater, läßte mir mal Karussell fahren?«
»Wie heeßt det, Alex?«
»Läßte mir mal bitte Karussell fahren?«
»Alex, noch mal: Wie heeßt det?«
»Na, wenn ick nu mich sage, läßte mir denn fahren?«

Gerdchen sitzt auf den Schultern seines Vaters im Fußballstadion und schreit: »Abseits! – Foul! – Schiedsrichter, gelbe Karte! – Rausstellen!«
Die Nachbarn staunen, was der Kleine al-

les vom Fußball versteht. Plötzlich holt ihn der Vater runter und versohlt ihn.
»Warum schlagen Sie das Kind?« fragt einer empört.
»Allet, wat mit Fußball zu tun hat, kann er quaken, bloß Pipi kann er nich sagen.«

Vater und Sohn stehen an einer Straßenbaustelle und sehen in die Grube.

Vater erklärt: »Det is die U-Bahn, det is Elektrisch, det Jas, det Wasser, und det is det Kabel for Telefon. Und wenn se in een Jahr allet wieder uffbuddeln, denn frag ick dir ab.«

»Mama, haben Brombeeren Beene?«
»Nee.«
»Denn hab ick eben 'n Mistkäfer jefressen.«

»Ick verstehe überhaupt nich, wozu ick Englisch lernen soll«, knurrt der hoffnungsvolle Sprößling.
»Aber, Manuel, die halbe Welt spricht doch Englisch.«
»Na und... jenücht det vielleicht nich?«

Siegfried kommt heulend in die Küche.
»Was ist denn los?« fragt die Mutter.
»Papa hat sich uff 'n Finger jehauen.«
»Deswegen mußte doch nicht heulen.«
»Zuerst hab ick ja ooch jelacht...«

Zwei Steppkes reden übers Heiraten.
»Nee, ick heirate nich, da jibt's ja Kinder.«
»Wenn du keene willst, denn jibt's ooch keene.«
»Und wat machste, wenn deine Olle heimlich brütet?«

Rindvieh stimmt, aber schön biste nich

Playboy

»Wollen Sie meine Frau werden?« fragt Kuno ein sehr flottes Mädchen.
»Nee, aber Ihren juten Jeschmack werde ick immer bewundern.«

»Als ich mich in dich verknallt habe, war ich ein schönes Rindvieh.«
»Rindvieh stimmt, aber schön biste nich.«

»Daß du mir bei deinen ewigen Schwindeleien noch ins Gesicht sehen kannst.«
»Ick jewöhne mir eben an allet.«

»Wat denn, du willst wieder heiraten?«
»Ja, nächste Woche.«
»Mensch, du verdienst det jar nich, det deine Olle jestorben is.«

»Ja, ja, die Frauen sind verschieden.«
»Meine leider noch nich.«

»Als ick meine Frau kennenlernte, hatte ick sie zum Fressen jern.«
»Na und?«
»Hätt ick's man jetan.«

Am Grab der Verblichenen steht neben dem trauernden Witwer der Hausfreund und weint herzzerreißend.
»Fasse dir, Ferdinand«, tröstet der Witwer. »Ick heirate ja bald wieder.«

»Wir haben uns aber lange nich jesehen.«
»Jawohl, Elvira, det is mindestens zehn Kilo her.«

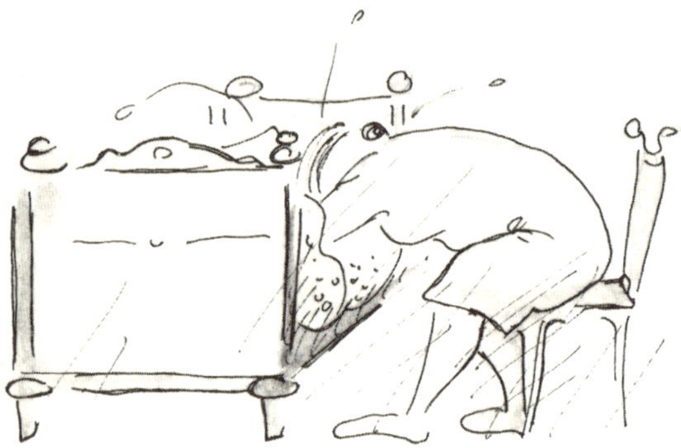

Orje lag im Sterben. Emma schluchzte zum Gotterbarmen.
»Ach, Orje, ick werde dir bald folgen.«
Mit letzter Kraft richtet Orje sich auf: »Et eilt nich, Emma, et eilt nich.«

»Ich möchte wissen, wie der Brockhaus sein erstes Lexikon geschrieben hat.«
»Der hat bestimmt mit seine Frau jestritten, und so hat een Wort det andere jejeben.«

»Meine Frau ist weg!« ruft aufgeregt ein Mann und zeigt dem Polizisten ein Foto. »Sie müssen sie unbedingt suchen.«
Der Polizist betrachtet das Foto und meint: »Det kann doch nich Ihr Ernst sein.«

Frank hat sich mit einem entzückenden Zwilling verlobt.
»Mensch«, fragt sein Freund, »wie willste die auseinanderhalten?«
»Wer sagt denn, det ick will?«

»Ich kann also fest damit rechnen, daß du mein Trauzeuge bist?«
»Bestimmt – ick bin nich der Mensch, der seinen Freund in der Stunde der Not verläßt.«

»Haben Sie schon Ferienpläne geschmiedet?«
»Wozu? Meine Frau bestimmt, wohin wir fahren, mein Chef, wann wir fahren, und meine Bank, wie lange wir fahren.«

Scheidungsrichter: »Und warum haben Sie ein ganzes Jahr lang nichts zu Ihrer Frau gesagt?«
»Ick wollte ihr nich unterbrechen.«

Ein Berliner Ehepaar trifft im Urlaub auf eine Schafherde.
»Jeh nich so dichte ran, Jünter, sonst komm ick noch mit 'n Falschen nach Hause.«

Schwiegermutter kommt zu Besuch.
»Und wie lange bleibste?«
»Bis ich euch lästig falle.«
»Wat denn – so kurz?«

»Haste schon Ejons hübsche Frau jesehn?«
»Nee – hat er denn zwee?«

»Würdest du mit dem Trinken anfangen, wenn ich dich verließe?« fragt Frau Schulze ihren Mann.
»Na klar, irjendwie müßte ick det doch feiern.«

»Meine Frau ist ein Engel.«
»Du hastet jut – meine lebt noch.«

»Mensch, ick bin Vater jeworden.«
»Gratuliere, und deiner Frau geht's gut?«
»Klar, sie weeß et ja noch nich.«

»Kennst du die Wüste Gobi?«
»Mensch, hör uff mit deine ewijen Weiberjeschichten.«

»Ick möchte mein' Bräutjam zu Weihnachten mit irjendwas überraschen.«
»Denn verrate ihm doch dein Alter.«

»Hatte dein Mann Erfolg mit seiner Diätkur?«
»Und wie! In der ersten Woche hat er fünf Pfund abjenommen, in der zweeten acht, in der dritten zehn – und seit jestern isser verschwunden.«

»Herbert, steht mir der Strohhut jut?«
»Ausjezeichnet, Lenchen, wie aus 'n Kopp jewachsen.«

»Ick habe meine Frau an einem billijen Sonntag im Zoo kennenjelernt.«
»Ach ja, ick spare ooch immer an de falsche Stelle.«

»Weeßte, Elli, wenn ick mir morjens schön rasiert habe, fühle ick mir jleich um zwanzig Jahre jünger.«
»Kannste dir nich mal abends rasieren?«

Im D-Zug nach Italien.
»Was denn, Sie sind auf der Hochzeitsreise? Wo ist denn Ihre Gattin?«
»Die is nich mitjekommen, die kennt det allet schon.«

»Heini, wir sind jetzt zwölf Jahre verlobt. Meenste nich, det wir heiraten sollten?«
»Jute Idee, Wilma, aber wer nimmt uns denn jetzt noch?«

»Nee, Frollein Olja, so wer'n wa nie klarkommen. Jedet Mal, wenn ick von Liebe rede, wechseln Sie det Thema und sprechen von Heiraten.«

Werner, der Draufgänger, starrt im Autobus unentwegt ein hübsches Mädchen an. Der wird es endlich zu bunt.
»Kennen Sie mich?« fragt sie wütend.
»Nee«, sagt Werner, »aber gleich jeht's los.«

»Mensch, du hast dir verlobt? Wie is denn det Frollein Braut? Süß? Keß? Oder wie?«
»Weeß nich – mir jefällt se nich.«

»Seit zwanzig Jahren, Herr Richter, schmeißt meine Frau mit Blumentöppe nach mir.«
»Und warum lassen Sie sich jetzt erst scheiden?«
»Jetzt trifft se.«

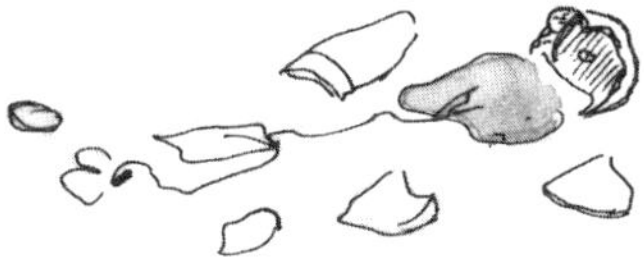

Rudi hat ein gutes Zeugnis nach Haus gebracht.
Sagt Vater: »Tja, die Intellijenz hat er von mir jeerbt.«
Darauf Mutter: »Keen Wunder, ick hab meine ja noch.«

Pärchen auf der Parkbank in lauer Sommernacht.
Er, gedankenvoll: »Ach ja...«
Sie, gerührt über so viel Gefühl: »Paule, wat seufzte denn so?«
Er: »Eijentlich allet, aber am liebsten 'n anständijen Klaren.«

»Findste nich«, fragt Hilde ihren Mann, »det mir die Schlammaske jünger macht?«
»Stimmt, aber warum behältste ihr denn nich druff?«

Sie: »Küß mir, Kasimir.«
Er: »Mich, Liebling, mich.«
Sie: »Küß mir, Kasimich.«

Eine Frau, deren Mann aus Mangel an Beweisen freigesprochen worden war, sagt erbost zu ihrer Nachbarin: »Ick weeß doch, det er jeklaut hat, bloß ick habe nischt jesagt. Aber jetzt zeije ick 'n an – det Luder haut mir zu sehr.«

»Ick hab so richtijet Pech in de Liebe. Meene erste Jeliebte is in't Kloster jejangen, die zweete is jestorben – und die dritte hat mir jeheiratet.«

»Hat der Psychiater deine Frau von der Kleptomanie geheilt?«
»Det nich – aber se bringt jetzt wenigstens Sachen nach Hause, die man jebrauchen kann.«

Ein Pärchen sitzt abends auf der Bank. Sie: »Det mach ick nich, det hab ick noch nie jemacht – und übrijens krieje ick immer so 'ne Koppschmerzen davon.«

Ick loofe immer so

»Herr Ober, der Hummer hier hat nur eene Schere.«
»Die andere wird er bei einem Kampf verloren haben.«
»Dann bringen Se mir bitte den Siejer.«

»Herr Ober, haben Sie Froschschenkel?«
»Nee, mein Herr, ick loofe immer so.«

»Herr Ober, das Schollenfilet war vor zwei Wochen viel besser.«
»Det versteh ick nich. Det war doch von dieselbe Scholle.«

»Wie schmeckt Ihnen die Suppe?« fragt der Ober.
»Det Salz is ausjezeichnet – bis zur Suppe bin ick noch nich vorjedrungen.«

»Herr Ober, die Portionen sind sehr viel kleiner geworden, seit ich das letzte Mal hier war.«
»Det is ’ne optische Täuschung, mein Herr, wir haben det Lokal verjrößert.«

»Herr Ober, was schwimmt hier in meiner Suppe?«
»Keene Ahnung, ick bin Kellner und keen Zoologe.«

»Kellner! Die Fliege in meiner Suppe is kalt.«

Der Wirt wendet sich an den Gast: »Nun, mein Herr, wie schmeckt Ihnen mein Wein?«
»Also, wenn Se noch ’n bißchen Öl, Salz, Pfeffer und frischen Salat ranmachen, schmeckt er bestimmt ausjezeichnet.«

Der Gast ist empört. »Was macht die Fliege in meiner Suppe?«
Meint der Ober: »Von hier sieht det wie Rückenschwimmen aus.«

Dem Feriengast wird zum Frühstück ein winziger Klecks Honig serviert.
»Ach«, sagt der Berliner, »eene Biene halten Se ooch?«

»Herr Ober, in meinem Julasch war dieset Stück Holz. Ick habe nischt dajejen, wenn Se Pferd verwenden – aber Pferd und Wagen, det ist einfach zuville.«

»Wer hat det Fleisch in die Buletten jetan?«
»Der Koch natürlich.«
»Und wer hat's wieder rausjenommen?«

»Kellner, in der Soße schwimmt eine Spinne. Was hat das zu bedeuten?«
»Da muß ick den Jeschäftsführer fragen, ick bin nämlich nich abergläubisch.«

»Der Schaumwein schäumt ja nicht mal, Herr Ober.«
»Na und? Haben Sie schon mal 'ne Ochsenschwanzsuppe jesehn, die wedelt?«

»Wat denn«, meutert ein Gast, »det soll Kirschkuchen sein? Da sind ja überhaupt keene Kirschen drin.«
»Haben Sie«, meint der Kellner, »schon mal Hundekuchen jesehn, wo Hunde drin waren?«

Ein Gast findet in seiner Suppe einen Mantelknopf, läßt wütend den Wirt kommen und faucht ihn an.
Der aber meint gelassen: »Sie möchten woll for Ihre paar Mark jleich 'n janzen Mantel in de Suppe ham?«

Der Ober bringt das bestellte Gericht und will gleich kassieren.
»Ist das hier immer so?« wundert sich der Gast.
»Nee, nur wenn's Pilze jibt.«

»Würden Sie mein Haus Ihren Bekannten empfehlen?« fragt der Wirt.
»Jewiß«, sagt Krause, »aber im Oogenblick weeß ick keenen, den ick det antun möchte.«

»Wollen Se det Menü zu sechs Mark oder zu sechs fuffzig?«
»Wat is 'n da der Unterschied?«
»Fuffzig Pfennig.«

»Ihre Brühe, Herr Wirt, is aber verdammt stolz.«
»Wieso?«
»Na, die kiekt een' ja mit keen Ooge an.«

Ein arroganter Gast: »Heute möchte ich mal was essen, was ich noch nie hatte.«
»Na, da würde ick Ihnen Hirn empfehlen.«

»Woll'n wir nich zahlen?«
»Natürlich woll'n wir nich zahlen – aber der Ober paßt uff.«

»Die Zyklopenbrühe war nich besonders kräftig«, meckert ein Gast.
»Zyklopenbrühe?« staunt der Kellner. »Sie hatten doch Hühnersuppe.«
»Nee, Huhn is nich. Die Suppe hat mir bloß mit een Ooge anjeblinzelt.«

»Wie schmecken Ihnen die Würstchen?«
»Janz jut, aber ick möchte se nich zu laut loben, sonst wedeln se mit 'm Schwanz.«

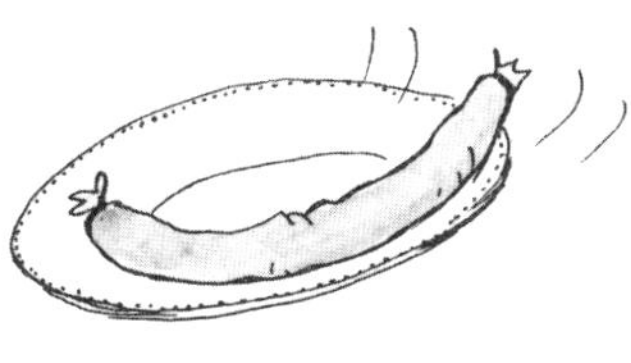

Det wirft mir um Stunden zurück

»Ich weeß nich«, sinniert Theo an der Theke, »diese moderne Partnerwahl per Computer is doch einfach menschenunwürdig. Ick habe meine Frau janz normal beim Pokern jewonnen...«

Volltrunken verläßt Ewald spät nachts die Kneipe. Pfeifend läuft ein blauer Elefant neben ihm her.
Lallt Ewald: »Wenn de nich uffhörst zu pfeifen, hör ick uff zu saufen, und denn hörste uff zu existieren.«

Frau Kuwierschke holt ihren Mann in der Kneipe ab und kriegt einen Schnaps spendiert.
Sie schüttelt sich: »Det schmeckt ja ekelhaft.«
»Siehste«, meint Kuwierschke, »und da denkste immer, det ick mir hier amüsiere.«

Tiefsinnig fragt Balduin beim achten Korn: »Wie kommt det bloß, det am Ende des Jeldes immer noch so ville Monat übrig is?«

In der Kneipe stößt einer den anderen an: »Mensch, Fritze, da läßt eener deinen Schirm mitjehn.«
»Sei stille, Mensch, vielleicht hat er 'n wiedererkannt.«

»Immer, wenn ick Alkohol trinke, krieje ick nachher Nasenbluten.«
»Ja, ick fang denn leider ooch immer Streit an.«

Aus der Kneipe stolpert Heinrich, blau und heiter.
»Sie haben Ihren Hut verkehrt auf dem Kopf«, macht ihn ein Passant aufmerksam.
»Wieso denn«, entgegnet Heinrich, »Sie wissen doch jar nich, in welche Richtung ick will.«

Einem stark Angesäuselten bietet der Wirt Kaffee an.
»Uff keenen Fall«, sagt der, »det wirft mir um Stunden zurück.«

»Wir Deutschen«, tut ein ganz Zackiger an der Theke kund, »fürchten Gott und sonst nichts auf der Welt.«
»Ach nee – und warum ziehste immer deine Schuhe aus, wenn de spät nach Hause kommst?«

»Man is ja dußlig«, überlegt Kulicke in seiner Stammkneipe. »Da kippt man een Korn nach 'n andern, bloß um seine Olle zu verjessen, und denn kommt man nach Hause und sieht ihr doppelt.«

»Ick muß mir scheiden lassen, meine Frau treibt sich zu ville in Kneipen rum.«
»Trinkt se?«
»Nee, se sucht mir.«

In der Kneipe sind ein paar Männer bei der dreizehnten Runde.
Einer kippt vom Stuhl und bleibt regungslos liegen.
Lallt ein anderer: »Der weeß wenigstens, wann er uffhören muß.«

»Woher haste bloß die rote Neese?«
»Von die viele Schicksalsschläge.«
»Wat denn, und immer uff de Neese?«

Zwei Abstinenzler betreten eine Kneipe.
»Zwei Glas Milch, bitte.«
»Milch? Ham wa nich – darf's 'n Bilderbuch sein?«

Ein Betrunkener will in einen Bus einsteigen.
»Nee«, sagt der Schaffner, »mit so 'n Affen nehm ick Sie nich mit.«
Sofort wendet sich der Betrunkene zu seiner Frau um: »Haste jehört, Olle, du mußt loofen.«

Hubertus nimmt die Tatsache, daß sein Bruder Vater geworden ist, zum Anlaß, an der Theke einige Klare zu kippen.
»Gratuliere«, sagt der Wirt. »Junge oder Mädchen?«
»Mensch«, lallt Hubertus, »hab ick vajessen zu fragen. Nu weeß ick nich mal, ob ick Onkel oder Tante jeworden bin.«

Haste dir am Kopp jekratzt?

25
km

»Otto is viel kahler wie Willi.«
»Wieso, die haben doch beede 'ne Jlatze?«
»Aber Ottos Kopp is breiter.«

»Haste den Tausender, den de jestern jefunden hast, bei de Polizei abjejeben?«
»Nee, Mensch, det sieht ja so aus, als wenn ick mit meine Ehrlichkeit prahlen will.«

»Wo warste im Urlaub?«
»In Ibiza.«
»Wo liegt det?«
»Keene Ahnung, wir sind hinjeflogen.«

»Hast du jestern Fisch jejessen?«
»Nee – wieso?«
»Na, die Jräten wachsen dir doch schon durchs Kinn.«

»Über meine Lippen ist noch nie eine Unwahrheit gekommen.«
»Ick weeß, du sprichst ja ooch immer durch de Neese.«

Erwin jammert: »Ick habe eenen Holzsplitter im Finger.«
Fragt Emil: »Haste dir am Kopp jekratzt?«

Vor einem Denkmal. Ein Feldherr in Siegerpose.
»Du, Justav, wat stellt der denn vor?«
Gustav, achselzuckend: »Det eene Been stellt er vor.«

»Sind die Wände von deine neue Wohnung wirklich so dünne?«
»Dünn is jar keen Ausdruck. Wenn ick Herzkloppen krieje, muß meen Nachbar Baldrian nehmen.«

»Biste nu satt?« fragt Anton seinen Freund, der gerade sein drittes Kotelett verdrückt.
»Satt? Det Wort kenn ick nich. Entweder ick hab Hunger, oder mir is übel.«

»Volkshochschule is dufte. Joethen, Schillern, Einstein – die kenn ick jetzt alle.«
»Kennste denn ooch Kubalke?«
»Nee, wer is 'n det?«
»Na, det is der, der immer bei deine Frau kommt, wenn du in de Volkshochschule bist.«

»Nanu, schwarzen Flor am Arm?«
»Ja, Schwiegermutter is jestorben.«
»Ach so, und ick dachte schon, du hättest Trauer.«

»Ich bin Vegetarier, weil ich nicht will, daß unschuldige Tiere getötet werden.«
»Ja, aber det Futter, det ißte ihnen weg.«

»W-w-wo is d-d-denn hier d-d-die St-t-totterschule?«
»Mann, du kannst et doch.«

»Is eure Wohnung wirklich soo kleen?«
»Ja, wenn die Sonne reinscheint, müssen wir rausjehn.«

Im Theater.
»Wat suchste denn dauernd zwischen meine Füße?«
»Mein Sahnebonbon is mir runterjefallen.«
»Na, deshalb brauchste aber nich die Vorstellung zu stören.«
»Doch, mein Jebiß hängt nämlich dran.«

Im Konzert.
»Verdammt, jetzt is mir doch det linke Been einjeschlafen.«
»Hauptsache, et schnarcht nich.«

»Gittis Kleid kommt mir wie Wasser vor.«
»Wieso – isset so durchsichtig?«
»Nee, so jeschmacklos.«

»Tust du auch was für den Umweltschutz?«
»Klar. Ich schmeiße zum Beispiel nie Fahrscheine weg, sondern benutze sie mehrmals.«

»Wat macht denn der Mann da drüben?«
»Der sucht een Fünf-Mark-Stück.«
»Woher weeßte det?«
»Weil ick's jefunden habe.«

»Atze, gloobst du an Seelenwanderung?«
»Nee – du?«
»Ja. Als ick dir vorijet Jahr hundert Mark jepumpt habe, muß ick 'n Esel jewesen sein.«

»Mensch, du lebst noch? Irgend jemand hat erzählt, du wärst gestorben.«
»Wat denn, und da warste nich uff mein Bejräbnis?«

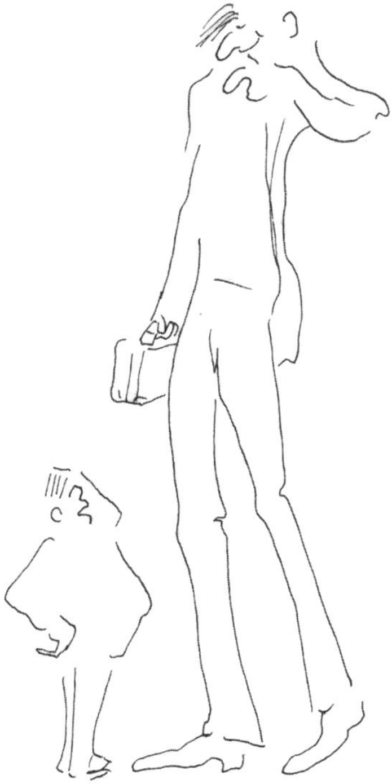

»Wie war denn der Urlaub?«
»Prima! Der Regenwechsel hat mir jutjetan.«

»Wie jeht's?« fragt Konrad seinen kranken Freund.
»Danke, jetzt bin ick über 'n Berg.«
»So?« fragt Konrad skeptisch.
»Na – nu jeht's bergab.«

»Hier brauchste nich uff deinen Mantel uffzupassen, wir sind in een anständijet Restaurant.«
»Ja, du hast det nich nötig, deiner is schon seit 'ne Viertelstunde weg.«

»Ick wasche mir überhaupt bloß alle Jahr eenmal – zu Karfreitag«, dokumentiert Reinhold seine Waschunlust.
Aber sein Freund übertrumpft ihn: »Ick wasche mir überhaupt nich mehr. Zu Silvester springe ick vom Tisch runter, und denn platzt allet ab.«

»Ick möchte mal wieder Kawiar essen.«
»Haste denn schon mal?«
»Nee – aber jemöcht hab ick schon mal.«

»Ick wünsch mir, det ick beim Lotto 'ne Million jewinne.«
»Da jibste mir doch die Hälfte ab?«
»Nischt zu machen.«
»Aber wenigstens fünf Mille?«
»Keen Fussel.«
»Warum denn nich?«
»Na, wünsch dir doch alleene wat.«

»Wat denn, Willi is mit deine Frau durchjebrannt? Der is doch dein bester Freund!«
»Aber jenau – und jetzt erst recht.«

»Wie kommt det, det du so dünne Beene und so 'n dicken Kopp hast?«
»Na Mensch, ick eß doch mit 'n Kopp und nich mit de Beene.«

Der zarte Viktor und der robuste Hotte sitzen in einem Leihboot auf der Havel. Ein furchtbarer Gewittersturm zwingt Hotte zu letzter Kraftanstrengung, während Viktor vorn im Boot kniet.
»Warum ruderste nich mit?« keucht Hotte.
»Ick bete, det der Kahn nich unterjeht.«
»Biste verrückt, Viktor, is det dein Kahn?«

»Eenen Hecht hab ick jeangelt, sag ick dir – eenen Hecht...«
»Wie jroß war er denn?«
»Der jrößte Hecht, den du je jesehn hast.«
»Na, zeig doch mal mit de Hände.«
Der Angler sieht sich das Zimmer an: »Da müssen wir rausjehn.«

Darf et ooch Ölwechsel sein?

AUA

Schulze kommt auf ein Amt, und seine Angelegenheit wird sehr schnell erledigt.
»Wat denn«, stutzt er, »keene Fragebogen, keen Jesuch? Is det denn hier überhaupt 'ne richtije Behörde?«

Verkehrsunfall. Die beiden Fahrer beschimpfen sich.
»Mir scheint, Sie halten mich für einen Idioten.«
»Nee, aber ick kann mir täuschen.«

Eine Kundin betritt den Laden.
»Könnte ich das gestreifte Kleid im Schaufenster anprobieren?«
»Wenn Se wollen – wir ham aber ooch Kabinen dafür.«

Auf der Toilette sitzt einer und singt:
»Es geht alles vorüber, es geht alles vorbei...«
Brüllt einer von draußen:
»Denn setz dir doch jefälligst richtig druff!«

Im Autobus fragt jemand seinen Nebenmann: »Wie alt sind Sie eijentlich?«
»Einunddreißig – aber wat jeht Sie det an?«
»Na, ick meine, denn sind Se alt jenuch, um uff eijene Füße zu stehn.«

Krach in der Kolonie »Eintracht«.
»Ihr verdammter Köter hat heute meine drei Küken uffjefressen!«
»Jut, det Se mir det sagen. Natürlich kricht det Aas heute nischt mehr zu futtern.«

»Waren Sie schon mal in Texas?«
»Nee.«
»Denn müssen Se doch Hugo Bröselmann kennen, der war ooch noch nich in Texas.«

»Zeugin, Sie haben uns ein falsches Alter angegeben.«
»Wat heißt falsch – det is von früher.«

»Angeklagter, wie haben Sie den großen Panzerschrank geknackt?«
»Nich doch, Herr Richter, die janze Konkurrenz sitzt im Jerichtssaal.«

Im Bus verbittet sich eine ältere Dame empört das »Anstarren« ihres Gegenübers. Der ist erst verdutzt, aber dann legt er los: »Ick? Ihnen anstarren? Det ick nich lache! So wat wie Ihn' ham wa bei uns in Neukölln schon in't Heimatmuseum.«

»Habt ihr besondere Spielregeln?« fragt ein Neuer am Stammtisch.
»Nee, eijentlich nich. Bloß wenn zum Beispiel zwei Herzasse ausjespielt werden, denn zählt det, wat zum Spiel jehört.«

Ein junger Mann kommt mit langem fettglänzendem Haar zum Frisör.
»Haarspitzen leicht kürzen, bitte.«
»Darf et ooch Ölwechsel sein?« erkundigt sich der Frisör.

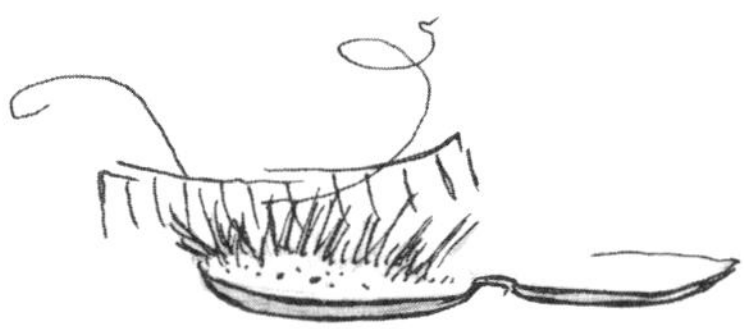

»Steht wat Neuet in de Zeitung?«
»Ja, det Datum.«

»Kennen Sie Müller?«
»Müller – nee, nie jehört.«

»Sie! Wie komm ick zum Roseneck?«
»Können Sie das nicht etwas höflicher fragen?«
»Nee – lieber verloof ick mir.«

Ein Mann kommt zum Frisör. »Bitte, alle drei recht kurz.«
»Wie soll ick det verstehn?«
»Na, die Haare, den Bart und Ihre Reden, Meester.«

Ein Fremder steht vor dem Berliner Rathaus.
»Wieviel Beamte arbeiten da drin?« fragt er.
»Wenn wir Jlück ham, die Hälfte.«

Am 2. Januar kommt der Postbote.
»Hier, trinken Sie ein Glas auf meine Gesundheit«, sagt Herr Schulze zu ihm.
»Eens? – Ick finde, Sie sehn janz schön elend aus.«

»Haben Sie deutsche Äpfel?«
»Wollen Se mit die Äppel reden, oder wollen Se se essen?«

»Wieso haben Sie diesen Mann hier zusammengeschlagen? Er hat Ihnen doch nichts getan?«
»Nee, aber er stand jrade so jünstig.«

»Sie haben ja Wanzen im Zimmer«, beschwert sich der Untermieter.
»Na und? Woll'n Se für Ihre paar Piepen vielleicht Kolibris?«

»Ihr Gesicht habe ich bestimmt schon irgendwo anders gesehen.«
»Det kann nich sein, ick trage et immer an dieselbe Stelle.«

»Diesen Hasen will ich nicht«, nörgelt eine Kundin. »Der hat mir zu viele Schrotkörner.«
»Na, denn nehm' Se den hier«, rät die Verkäuferin. »Der hat sich die Pulsadern uffjeschnitten.«

Bolle sitzt in der Oper. Der Tenor singt: »Nie sollst du mich befragen…«
Meint Bolle: »Mich is jut.«

Ein Bettler: »Ham Se nich 'n schönet Stück Kuchen for 'n armen Mann, der zwee Tage nischt jejessen hat?«
»Wat denn, ick hör wohl nich recht? Een Stück Brot wird's wohl ooch tun?«
»Nee, heute nich, ick habe Jeburtstag.«

Krawuttke kommt von der Beerdigung seiner Schwiegermutter zurück. Vor seiner Haustür fällt ihm ein Dachziegel auf den Kopf.
»Jetzt isse anjekommen«, nickt er.

Wohlgefällig sein eigenes Fensterspiegelbild betrachtend, steht ein junger Mann in der U-Bahn und schiebt seinen Hut unschlüssig ein paarmal von einem Ohr aufs andere.
Da läßt sich ein Fahrgast vernehmen: »Mensch, nu laß endlich det Knistern – du bringst bloß det Stroh in Bewejung.«

Ein Arbeiter der Wasserwerke schraubt mit einem riesigen Schlüssel an einem Hydranten.
»Was machen Sie denn da?« fragt ein neugieriger Passant.
»Det sehn Se doch – ick zieh die U-Bahn uff.«

Ein Herr im Kaufhaus fragt die Dame an der Information: »Führen Sie Affen?«
»Bedaure, ick kann von meinem Platz nich weg.«

Ein Berliner fragt einen Hamburger: »Wat ham Se denn da für 'n eijenartijen Köter?«
»Das ist eine Kreuzung zwischen einem Rindvieh und einem Berliner.«
»Na Mensch«, freut sich der Berliner, »denn sind wir ja beede verwandt mit det Tierchen.«

Kunde in der Bäckerei: »Ich möchte gerne Rumkugeln.«
Bäcker: »Jerne – aber nich hier im Laden.«

»Fährt die U-Bahn über Friedrichstraße?«
»Nee, aber unter durch.«

»Mein Hut, Herr Wachtmeester, mein Hut – darf ick erst mal mein Hut nachloofen?«
»Det könnte Ihn' so passen wat? Hier bleiben Se stehn, und den Hut renn ick nach.«

Auf dem Ku'damm fragt ein Mann eine Blumenverkäuferin: »Haben Sie noch was anderes außer Veilchen?«
»Ja, kalte Beene – aber die sehn im Knopploch nich so jut aus.«

Ein Kölner und ein Berliner wetten, wer von beiden am besten lügen kann. Wetteinsatz für jeden fünf Mark.
Der Kölner: »Neulich bin ich von der Spitze des Kölner Doms aus wie ein Vogel über Köln geflogen.«
Wortlos steckt der Berliner beide Fünfmarkstücke ein.
»Was denn«, ruft der Kölner, »du hast doch noch gar nicht gelogen!«
Darauf der Berliner: »Ick habe dir fliejen sehn.«

Ein Amerikaner fragt ein Mädchen: »What is your name?«
Sie antwortet: »Det, wat se alle nehm'.«

Mitleidig fragt eine Passantin einen gestürzten Radfahrer: »Sind Sie hingefallen?«
»Nee, meine Dame, so steije ick immer ab.«

Zwei Taxis prallen aufeinander.
Brüllt der eine Fahrer: »Mensch, du hast wohl Tomaten uff de Oogen?«
Schreit der andere zurück: »Hab ick dir jetroffen oder etwa nich?«

»Weshalb haben Sie bei der Festnahme einen falschen Namen angegeben?«
»Ick war so wütend, Herr Richter, det ick mir selber nich mehr kannte.«

Vergebens versucht ein Musiker, mit seiner großen Baßgeige den fast vollbesetzten Bus zu besteigen.
Mitleidig sagt der Fahrer: »Mann, hätten Se bloß Flöte jelernt, denn wär'n Se jetzt drin.«

Altes Fräulein zum Straßenbahnfahrer: »Ist das nicht gefährlich mit der Elektrizität?«
»Nee – Sie dürfen nur nich det eene Been uff de Schienen stellen und det andere an de Oberleitung hängen.«

»Oh, beinahe hätte ich mich auf Ihre Brille gesetzt.«
»Det wär nich so schlimm jewesen, die hat schon janz andere Sachen jesehn.«

Ein Motorradfahrer, der bei großer Hitze splitternackt fährt, wird von einem Polizisten angehalten.
»Ick muß Sie wejen Errejung öffentlichen Ärjernisses melden. Bitte Name, Familienstand, Anschrift, Kinder.«
Der Fahrer: »Fred Schulze, verheiratet, Ackerstraße 23, zwölf Kinder.«
»Zwölf Kinder? Na jut, denn seh ick det als Arbeitskleidung an und laß Sie noch mal loofen.«

»So teuer, die Forelle, und dabei so klein«, seufzt eine Kundin.
»Na«, meint die Verkäuferin, »stecken Se ihr doch in 'n Blumentopp – vielleicht wächst se noch.«

»Wat soll ick Ihn' sagen, Frau Schulzen, mein Oller is plötzlich krank jeworden. Mitten in de Nacht mußten wir 'n Doktor insultieren, der ihm sofort in sein Krematorium mitnahm, und da werden ihm nu alle fünf Minuten kalte Komtessen uff 'n Bauch jelegt.«

»Sie, der jrüßt Ihnen.«
»Nee, Sie!«
«Wat, mir?«
»Nee, mich.«
»Ihnen?«
»Nee, Sie!«
»Also doch mir.«

Ein junger Mann mit einem langen, schrecklich wirren Haarschopf kommt zum Frisör.
Der meint skeptisch: »Woll'n Se mit Ihren uffjerissenen Polsterstuhl nich lieber in't Möbeljeschäft jehn?«

Eine sehr alte Dame fragt den Busfahrer: »Ich möchte zum alten Museum, sagen Sie mir bitte, wann ich aussteigen muß?« Nach einigen Haltestellen ruft dieser: »Sie, altes Museum, aussteigen!«

»Angeklagter, warum wollen Sie nicht schwören?«
»Ick fürchte mir vors Schwören.«
»???«
»Herr Richter, jedesmal, wenn ick jeschworen habe, haben se mir injelocht.«

In den vollen Bus drängt sich noch ein Mann rein und murmelt vor sich hin: »Na ja, et jehn viele Schafe in eenen Stall.« Eine Frau rückt etwas beiseite und sagt: »Setzen Se sich man, for een Hammel is jrade noch Platz.«

Zwei streiten sich.
In höchster Erregung schleudert der eine seinem Gegner ins Gesicht: »Du Parvenü, du!«
»Moment mal«, sagt der andere, »du wolltest mir soeben beleidijen und hast keene Ahnung von Fremdwörter. Ick erklär dir det mal: Een Parvenü is 'n Rejenschirm, und der Affe, den du meenst, heeßt Parmesan.«

Straßenbauarbeiter werden von einer Promenadenmischung fürchterlich angekläfft. »Jehn Se bloß mit Ihre Töle hier weg, die macht eenen ja janz nervös!« muß Frauchen hören.
»Mensch«, kontert sie, »ick kann mir ja wejen Ihn' keene Lerche an de Leine binden.«

In einer alten Straßenbahn. Der Fahrer steht an der Kurbel.
»Diesen Beruf möchte ich nicht haben«, sagt ein Fahrgast zum andern. »Mit einem Bein steht man im Krankenhaus und mit dem anderen im Grab.«
Da dreht sich der Fahrer um: »Und mit de Neese klingle ick, wa?«

In der überfüllten U-Bahn.
»Au, Sie stehn ja uff meine Zehen.«
»Det hab ick schon lange jemerkt. Wenn Se mal wieder U-Bahn fahren sollten, denn lassen Se sich jefälligst die Hühneroogen schneiden, det man nich so hart steht.«

Ein Mann, dem auf der Straße das Schimpfen seiner Frau über den Regen – trotz Schirm – auf die Nerven geht: »Weeßte wat? Koof dir 'n Taucheranzug, denn kannste unter de Jlocke meckern, so ville, wie de willst.«

Aber ick will schließlich ooch leben

»Ick gloobe, ick werde mal Arzt. Die Zeitschriften fürs Wartezimmer hab ick schon zusammen.«

Arzt zum Patienten: »Sie haben eine wirklich seltene, absolut klassische Paranoia.«
»Sie sollen mir behandeln, Herr Doktor, und nich bewundern.«

»Im Bus hat man einen entlaufenen Irren aufgegriffen, als er gerade einer Dame seinen Platz anbot.
»Keen Wunder bei so'n affijet Benehmen.«

»Warum haben Chirurgen immer Handschuhe an?«
»Wahrscheinlich wejen die Fingerabdrükke.«

Ein Mann gießt die verordnete Medizin in den Ausguß.
»Ick weeß schon, wat ick tue«, beruhigt er seine Frau. »Der Arzt will leben, der Apotheker will leben – aber ick will schließlich ooch leben.«

»Egon is mit eenen Schlag reich jeworden.«
»Ach nee.«
»Ja, mit den, der seine Tante vorje Woche jetroffen hat.«

»Wieso drehste dir jetzt deine Zijaretten selber?«
»Mein Arzt hat mir Bewejung verordnet.«

»Hattest du nachts schon mal Zahnschmerzen?«
»Weeß ick nich.«
»Aber so was weiß man doch.«
»Nee, ick schlafe mit meine Zähne nich in detselbe Zimmer.«

»Als guter Psychologe sehe ich den Menschen an, was sie von mir denken.«
»Da sind Se aber sehr zu bedauern.«

»Drei Jäger gehen durch den Wald. Der erste hat ein Gewehr, der zweite einen Rucksack. Was hat der dritte?«
»???«
»Der dritte hat Zahnfleischbluten. Denn laut Statistik hat jeder dritte Mensch Zahnfleischbluten.«

Psychoanalytiker: »Betrügen Sie Ihre Frau?«
Patient: »Wen sonst?«

In der Apotheke. »Ick brauche Strychnin.«
»Haben Sie ein Rezept?«
»Nee – aber een Bild von meine Schwiejermutter.«

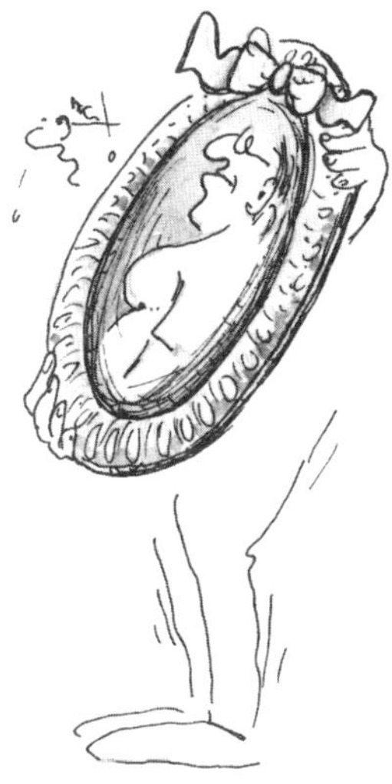

»Na, Paule, wie fühlste dir mit deine neue Brille?«
»Dufte, ick hab Leute jetroffen, die hab ick seit Jahren nich mehr jesehn.«

Junger Vater, dem die Hebamme zu Drillingen gratuliert: »Wat denn, muß ick die alle behalten, oder is det eene Auswahlsendung?«

Lehmann kommt vom Zahnarzt.
»Na, tut der Zahn noch weh?«
»Weeß ick nich, er hat 'n dabehalten.«

»Sie sind in anderen Umständen«, sagt der Arzt. »Seltsam, wo doch Ihr Mann seit einem Jahr tot ist.«
»Det stimmt, Herr Doktor, aber ick lebe.«

»Die Welt ist eigentlich undankbar. Sie errichtet in den seltensten Fällen Denkmäler für Ärzte.«
»Ja, wenn Se die Friedhöfe nich mitzählen.«

Arzt nach der Untersuchung zur Patientin: »Sie gefallen mir aber gar nicht.«
»Na, Herr Doktor, der schönste sind Sie aber ooch nich.«

Arzt: »Diese Pillen hier müssen Sie nüchtern einnehmen.«
Patient: »Ach Jott, denn weeß ick jar nich, wenn ick se nehmen soll.«

»Leiden Sie immer noch an Blähungen?«
»Wat heißt ›leiden‹, Herr Doktor...«

»Um wieder gesund zu werden«, sagt der Seelendoktor, »müssen Sie sich so richtig in Ihre Arbeit reinknien.«
»Na, ick weeß nich, Herr Doktor, ick bin Betonmischer.«

»Ihr Puls geht mir zu langsam.«
»Macht nischt, Herr Doktor, ick habe ja Zeit.«

Arzt: »Haben Sie viel über Durst zu klagen?«
»Im Jejenteil – da freu ick mir drüber.«

»Warum müssen Sie sich eigentlich immer so kratzen?« fragt der Arzt einen Patienten.
»Weil ick der einzije Mensch uff der Welt bin, Herr Doktor, der weeß, wo's mir juckt.«

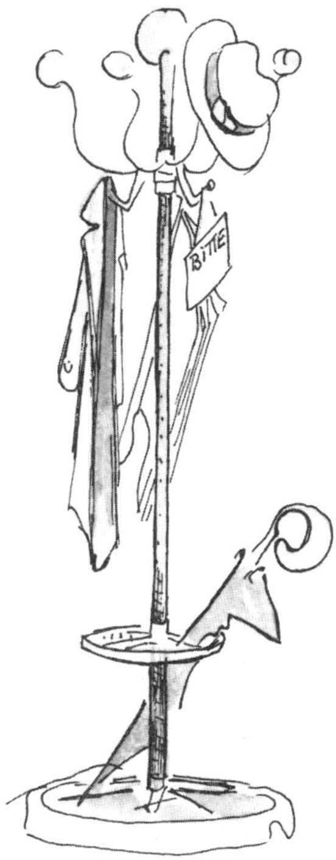

Die Illustratorin

Frauke Trojahn ist eine waschechte Berlinerin, mit Spreewasser getauft, hat immer hier gewohnt und verbringt, wie so viele Spree-Athener, ihre Ferien am liebsten in den Bergen. Sie ist verheiratet und hat zwei Kinder. Seit eh und je ist sie auf humorvolle Weise der Zeichnerei verbunden mit besonderer Liebe zu Tieren und Kindern. Ein weiteres Thema ist der Mensch in seiner heutigen Umgebung, das Milieu.

Frau Trojahn war seit 1968 einige Jahre Mitglied des Kreuzberger Bildermarktes und stellte später auch ihre Zeichnungen auf dem Kurfürstendamm aus. Inzwischen hat sie eigene Ausstellungen in Berliner Galerien, nimmt regelmäßig an der Freien Berliner Kunstausstellung teil und arbeitet bei der Arbeitsgruppe Berliner Architekturmalerei. Die Künstlerin – Schülerin von Gerda Rotermund – ist Mitglied des Berufsverbandes Bildender Künstler und arbeitet neben der freien Grafik auch als Illustratorin für Zeitschriften und für die Werbung. Zwei Kinderbücher illustrierte sie für den Erika Klopp Verlag, weitere werden folgen.

Für den arani-Verlag illustrierte sie mit spitzer, treffsicherer Feder:

Robert Gilbert	Meckern ist wichtig, nett sein kann jeder
Karla Höcker	Verweile doch
Luise Lemke	Lieber 'n bißken mehr, aber dafür wat Jutet
Luise Lemke	Laß dir nich verblüffen!
Luise Lemke	Berlin, den Datum weeß ick nich
Luise Lemke	Besser jut jelebt und det noch recht lange
Peter Schlobinski	Berlinisch für Berliner und alle, die es werden wollen

Berliner Humor

Wilhelm Franke
So red't der Berliner Ein lustiger Sprachführer

Johnny Liesegang
Det fiel mir uff! Schnafte Geschichten und dufte Bilder

Johnny Liesegang
Det fiel mir ooch noch uff!

Johnny Liesegang
Det fiel mir »trotzdem« uff! Neue Geschichten und Bilder

Johnny Liesegang
Da liegt Musike drin!

Luise Lemke
Dir Aas kenn' ick! Berliner Gören aufs Maul geschaut

Luise Lemke
Det schmeckt nach mehr Küche, Kochtopp und Jemüt

Luise Lemke
Lieber'n bißken mehr, aber dafür wat Jutet!
Berliner Sprüche

Luise Lemke
Laß dir nich verblüffen Berliner Witze

Luise Lemke
Im Spitznamen des Volkes